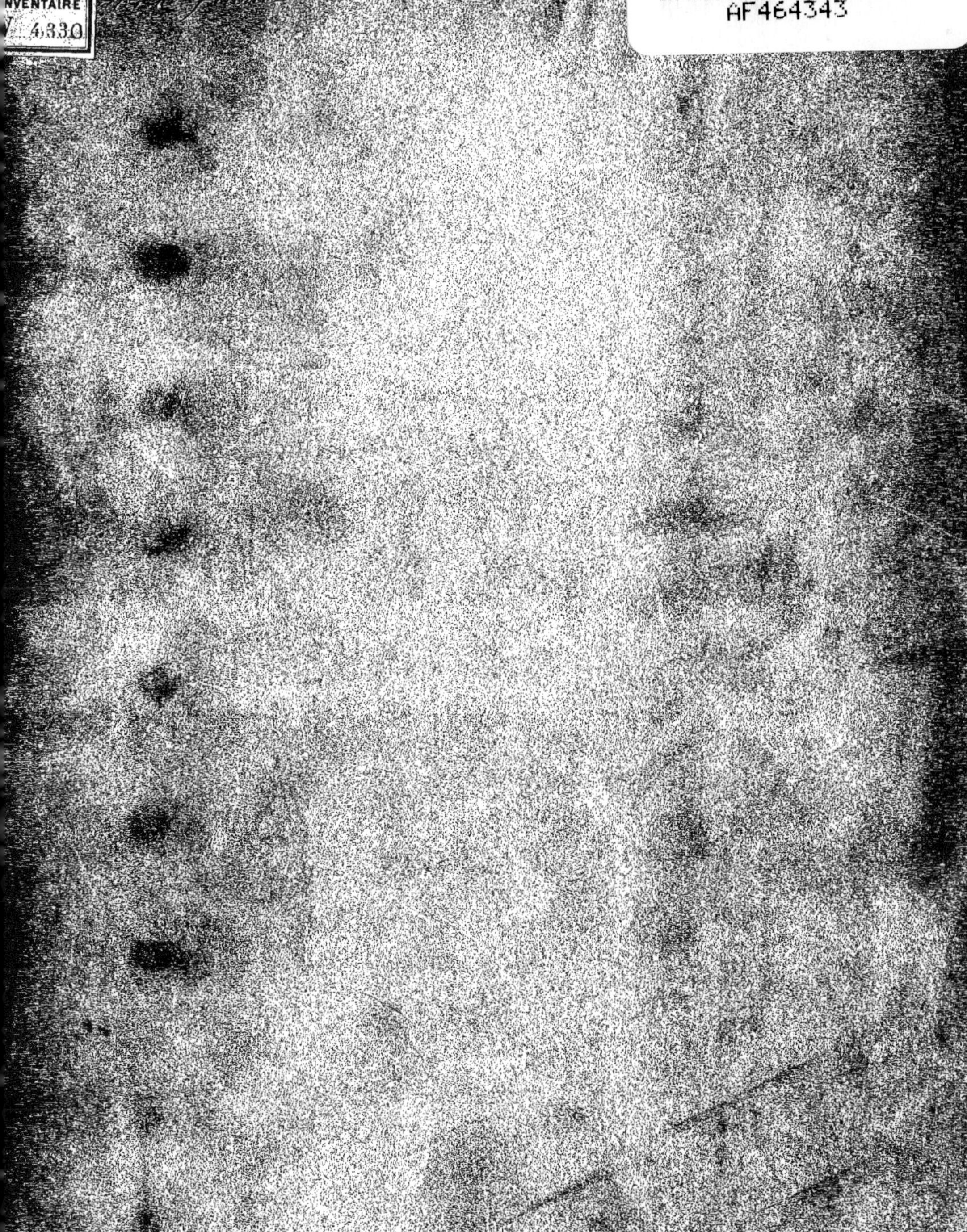

AUX VILLES DE FRANCE

51, rue Vivienne PARIS rue Richelieu, 104

Vue de la grande galerie des Villes de France.

SOIERIES & NOUVEAUTÉS

Envois, FRANCO, par toute la France, quelque indirect que soit le trajet, des Échantillons et Marchandises demandés par correspondance.

Choix conditionnels de Cachemires français et de l'Inde, de Dentelles, etc., etc.

1861

SOUFFLETS CYLINDRIQUES ET FORGES PORTATIVES

POUR CONSTRUCTEURS, MÉCANICIENS, SERRURIERS, ETC.

Seules Médailles accordées à cette industrie

Aux Expositions universelles de 1851, 1853 et 1855. — Médailles de 1re classe, Paris, Troyes, Besançon et Saint-Dizier, 1860.

10, Rue de Rambouillet, 10 — PARIS

ENFER & SES FILS

MÉCANICIENS BREVETÉS

au 162 de la rue de Charenton — PARIS

FOURNITURES DE LA MARINE, DES CHEMINS DE FER, DE LA SORBONNE, DU CONSERVATOIRE DES ARTS ET MÉTIERS, DE LA MANUFACTURE IMPÉRIALE DE SÈVRES, DES ÉCOLES DES PONTS ET CHAUSSÉES, NORMALE, POLYTECHNIQUE, D'ALFORT, DES MINES, ET DES PRINCIPAUX LYCÉES DE FRANCE.

Paris, 1855.

1re classe, Paris, 1860.

1. Forge portative, simple et double vent.

2. Forge portative, double vent.

3 *bis*. Forge à double vent, à piston, sans frottement.

Londres, 1851.

1re classe, Dijon 1858.

4. Table d'émailleur, de bijoutier et de chimiste.

7. Appareil à gaz et son soufflet.

Paris, 1844.

Paris, 1849.

Amsterdam, 1853.

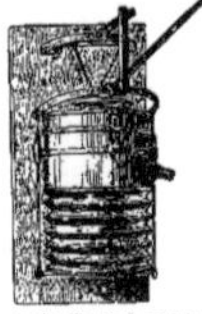

5. Soufflet de forge à double et simple vent.

5 *bis*. Soufflet de forge à double vent, à piston, sans frottement.

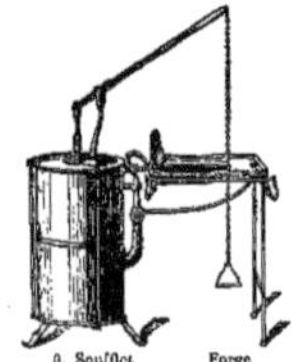

6. Soufflet pour le gaz. Forge de chimiste.

Paris, 1860.

Les Avalanches. — Gravure du MAGASIN PITTORESQUE.

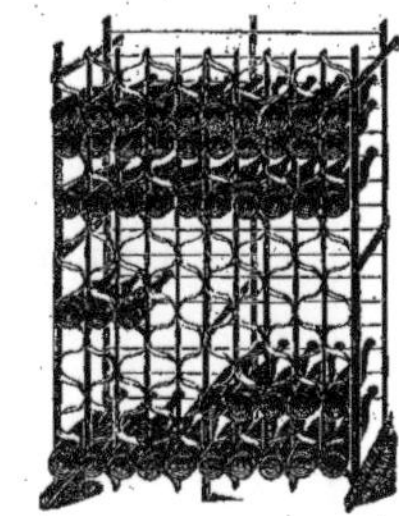

Costumes russes. — Gravure du MAGASIN PITTORESQUE.

Les Marionnettes chinoises. — Gravure du MAGASIN PITTORESQUE.

Estampe satirique sur le Mariage. — Gravure du MAGASIN PITTORESQUE.

Influence des Femmes. — Gravure du MAGASIN PITTORESQUE.

Entrée de Jeanne Darc et de Charles VII à Reims. — Gravure du MAGASIN PITTORESQUE.

La première Messe en Amérique. — Gravure du Magasin pittoresque.

Salon de peinture de 1859. — Le Coup double. — Gravure du MAGASIN PITTORESQUE.

La Gargouille de Rouen et le Privilége de saint Romain. — Gravure du MAGASIN PITTORESQUE.

PARIS.—IMP. A. APPERT.

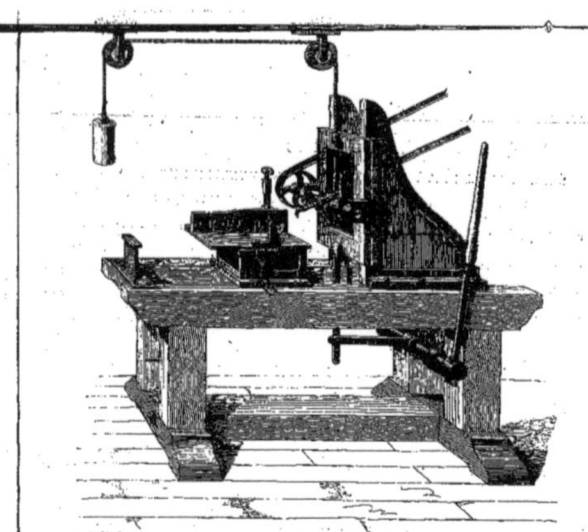

3. Machine à faire les tenons.

4. Machine à mortaiser.

5. Scie circulaire à arbre mobile et engrenage.

6. Machine à tirer les moulures pour ébénistes.

Flèche de la Sainte-Chapelle. — Gravure du MAGASIN PITTORESQUE. — La plomberie d'art, commencée par M. Durand, est continuée par MM. Monduit et Béchet, ses successeurs. (Voir leur article.)

EXPOSITION UNIVERSELLE DE 1855. Médaille de 1re classe.

PLOMBERIE D'ART.

EXPOSITION UNIVERSELLE DE 1855. Médaille de 1re classe.

Le Contre-Maître de l'Établissement a obtenu une Médaille de 2e Classe.

MAISON DURAND.

MONDUIT ET BÉCHET SUCCESSEURS

PLOMBIERS, COUVREURS, MÉCANICIENS.

BREVETÉS S. G. D. G.

Bureaux et ateliers, boulevard MONCEAUX, 104, rue FOURNIAL, 4.

MÉDAILLE DE BRONZE.

CHARGES DES PLOMBERIES ARTISTIQUES DE LA FLÈCUE DE LA Ste-CHAPELLE,

DES CATHÉDRALES DE PARIS, D'AMIENS, DE CHALONS-SUR-MAUNE, D'ORLÉANS.

DES ÉGLISES DE BOULOGNE, S.-BERNARD, S.-NICOLAS DE NANTES, ETC., ETC.

et de celles des BATIMENTS DU LOUVRE.

Depuis plusieurs années s'occupent d'un art qui était tout à fait perdu, celui de faire au marteau toutes les belles statues et gargouilles qu'on aperçoit dans les anciennes cathédrales, soit en plomb, soit en cuivre.

PLOMBERIE POUR EAU ET BATIMENTS.

COUVERTURE EN ZINC, TUILES ET ARDOISES.

ATELIERS DE CONSTRUCTION pour POMPES ASPIRANTES ÉLÉVATOIRES, **POMPES A MANÉGE,** Robinets, et tous Appareils commandés sur dessin.

ROBINETS BREVETÉS adoptés par la ville de Paris.

Se chargent de la POSE DES TUYAUX EN FONTE pour les eaux destinées à l'alimentation des villes.

TUYAUX EN FONTE A JONCTIONS INODORES, Brevetés, Adoptés pour la réunion DES TUILERIES AU LOUVRE.

GRANDE FABRIQUE de **GARDE-ROBES** Simples et à effet d'eau.

Épi en plomb, destiné à la cathédrale d'Amiens, exécuté d'après les dessins de M. Viollet-Leduc, architecte.

Exposition publique rue Saint-Nicolas, 42, et rue Caumartin, 50.

Le Coin du feu dans les Vosges. — Gravure du MAGASIN PITTORESQUE.

Un Repas, par Jordaens. — Gravure du MAGASIN PITTORESQUE.

Lycée Napoléon. — Gravure du MAGASIN PITTORESQUE.

MACHINES-OUTILS ET OUTILS A LA MAIN

CONCERNANT LE TRAVAIL DU BOIS

POUR CONSTRUCTEURS DE WAGONS, DE NAVIRES, CHARPENTIERS, ÉBÉNISTES, MENUISIERS,
FACTEURS D'INSTRUMENTS, CARROSSIERS,
TOURNEURS, FABRICANTS DE BILLARDS, TONNELIERS, ETC.

COMMISSION

MACHINES
A MORTAISER
A MOULURES DROITES ET CINTRÉES
A FAIRE LES TENONS
A TRANCHER
A PARQUET, A RABOTER
A SABOTER
A TOURNER, ETC.

Scies verticales
ET
CIRCULAIRES

BERNIER AINÉ & F^D ARBEY

CONSTRUCTEURS-MÉCANICIENS

BREVETÉS S. G. D. G.

USINES A VAPEUR :
PARIS, Cours de Vincennes, 41, et à Lisandré-lez-Plouha (Côtes-du-Nord)

MÉDAILLES AUX EXPOSITIONS

1844

1855

1849

EXPORTATION

FABRIQUE SPÉCIALE
DE
PARQUETS et MOULURES
DROITES OU CINTRÉES

Cimaises, Corniches
CHAMBRANLES
BATONS RONDS, BAGUETTES D'ANGLE
BAGUETTES DEMI-RONDES
PLINTHES, STYLOBATES

ENTREPRISE
DE
Bâtis en Bois

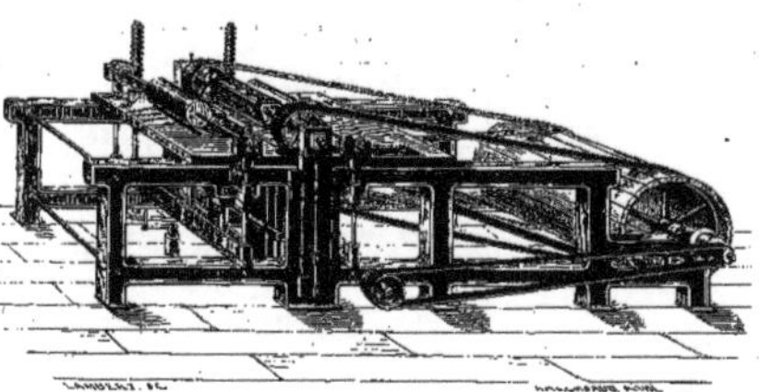
1. Machine à parquet.

2. Machine à pousser les moulures droites.

Les Oiseaux voyageurs de la Manche. — Gravure du MAGASIN PITTORESQUE.

Atelier d'un artiste sculpteur au dix-neuvième siècle. — Gravure du MAGASIN PITTORESQUE.

Types russes. — Gravure du MAGASIN PITTORESQUE.

L'Inondation. — Gravure du MAGASIN PITTORESQUE.

Fruits et Panier de Fraises renversé. — Gravure du MAGASIN PITTORESQUE.

Atelier d'un artiste peintre au dix-neuvième siècle. — Gravure du MAGASIN PITTORESQUE.

La grande Galerie des Glaces, au château de Versailles. — Gravure du MAGASIN PITTORESQUE.

Le plus ancien des Orangers de France, à l'Orangerie de Versailles. — Gravure du MAGASIN PITTORESQUE.

Rives du Nil à Philæ. — Gravure du MAGASIN PITTORESQUE.

Chapelle du château de Versailles. — Gravure du MAGASIN PITTORESQUE.

Le Retour des champs. — Gravure du MAGASIN PITTORESQUE.

Un Sujet d'idylle. — Gravure du MAGASIN PITTORESQUE.

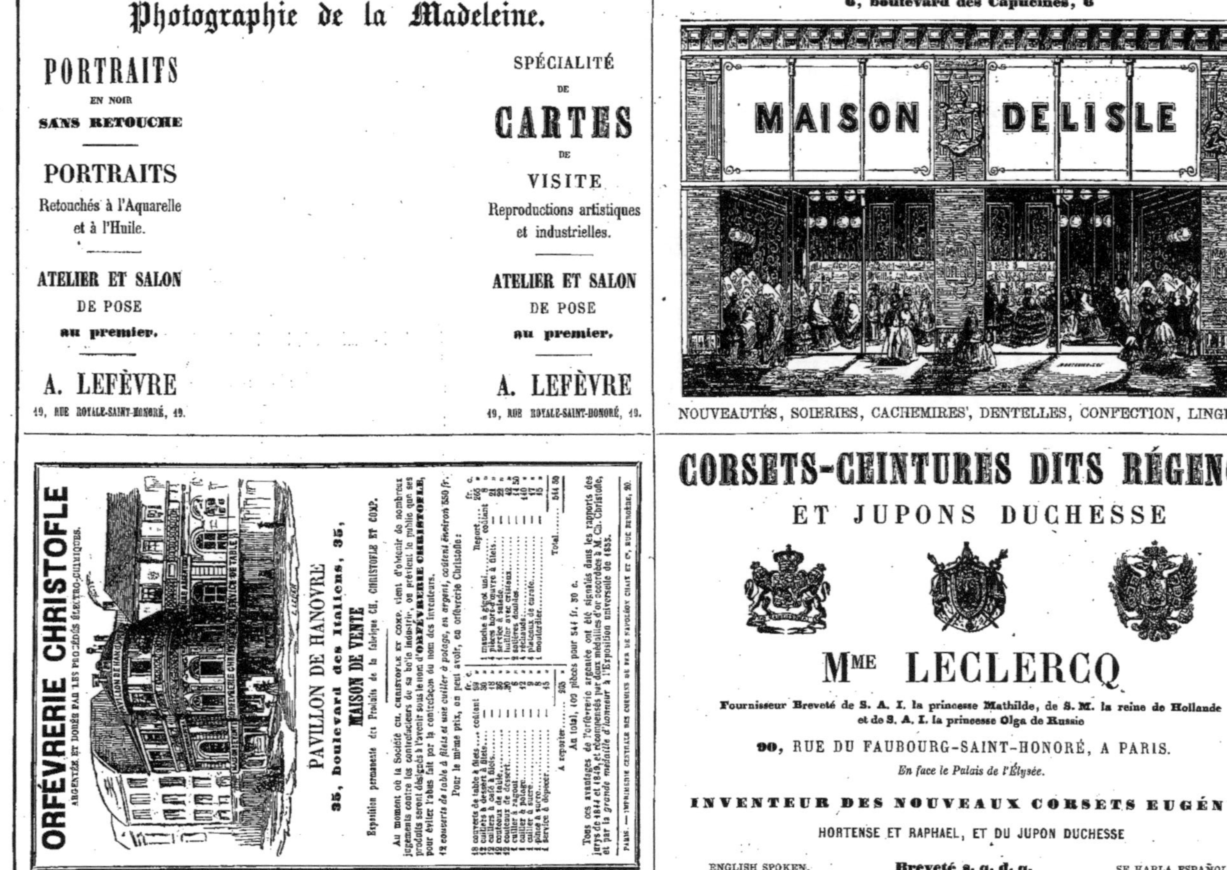
Photographie de la Madeleine.
PORTRAITS
EN NOIR
SANS RETOUCHE
PORTRAITS
Retouchés à l'Aquarelle
et à l'Huile.
ATELIER ET SALON
DE POSE
au premier.
A. LEFÈVRE
19, RUE ROYALE-SAINT-HONORÉ, 19.
SPÉCIALITÉ
DE
CARTES
DE
VISITE
Reproductions artistiques
et industrielles.
ATELIER ET SALON
DE POSE
au premier.
A. LEFÈVRE
19, RUE ROYALE-SAINT-HONORÉ, 19.
6, boulevard des Capucines, 6
MAISON DELISLE
NOUVEAUTÉS, SOIERIES, CACHEMIRES, DENTELLES, CONFECTION, LINGERIE.
ORFÉVRERIE CHRISTOFLE
ARGENTÉE ET DORÉE PAR LES PROCÉDÉS ÉLECTRO-CHIMIQUES.
PAVILLON DE HANOVRE
ORFÉVRERIE CHRISTOFLE
SERVICE DE TABLE
PAVILLON DE HANOVRE
35, boulevard des Italiens, 35,
MAISON DE VENTE
Exposition permanente des Produits de la fabrique CH. CHRISTOFLE ET COMP.
Au moment où la Société CH. CHRISTOFLE ET COMP. vient d'obtenir de nombreux jugements contre les contrefacteurs de sa belle industrie, on prévient le public que ses produits seront désignés à l'avenir sous le nom d'ORFÉVRERIE CHRISTOFLE, pour éviter l'abus fait par la contrefaçon du nom des inventeurs.
12 couverts de table à filets et une cuiller à potage, en argent, coûtent environ 550 fr.
Pour le même prix, on peut avoir, en orfévrerie Christofle :
18 couverts de table à filets .... coûtant 69 fr. » c.
12 cuillers à dessert à filets.... — 30 »
12 cuillers à café à filets.... — 18 »
12 couteaux de table.... — 36 »
12 couteaux de dessert.... — 30 »
1 cuiller à ragout.... — 8 »
1 cuiller à potage.... — 12 »
1 cuiller à sucre.... — 9 »
1 pince à sucre.... — 8 »
1 service à découper.... — 45 »
A reporter.... 265 »
Report.... 265 »
1 manche à gigot uni.... coûtant 8 »
4 pièces hors-d'œuvre à filets.. — 21 »
1 service à salade.... — 22 »
1 huilier avec cristaux.... — 42 »
2 salières doubles.... — 14 50
4 réchauds.... — 140 »
4 plateaux de carafe.... — 17 »
1 moutardier.... — 15 »
Total.... 544 50
Au total, 100 pièces pour 544 fr. 50 c.
Tous ces avantages de l'orfévrerie argentée ont été signalés dans les rapports des jurys de 1844 et 1849, et récompensés par deux médailles d'or accordées à M. Ch. Christofle, et par la grande médaille d'honneur à l'Exposition universelle de 1855.
PARIS. — IMPRIMERIE CENTRALE DES CHEMINS DE FER DE NAPOLÉON CHAIX ET Cie, RUE BERGÈRE, 20.
CORSETS-CEINTURES DITS RÉGENCE
ET JUPONS DUCHESSE
Mme LECLERCQ
Fournisseur Breveté de S. A. I. la princesse Mathilde, de S. M. la reine de Hollande
et de S. A. I. la princesse Olga de Russie
90, RUE DU FAUBOURG-SAINT-HONORÉ, A PARIS.
En face le Palais de l'Élysée.
INVENTEUR DES NOUVEAUX CORSETS EUGÉNIE
HORTENSE ET RAPHAEL, ET DU JUPON DUCHESSE
ENGLISH SPOKEN.
Breveté s. g. d. g.
SE HABLA ESPAÑOL.

Statue équestre de Guillaume le Conquérant, à Falaise. — Gravure du MAGASIN PITTORESQUE.

Église Sainte-Clotilde et Sainte-Valère. — Gravure du MAGASIN PITTORESQUE. — La plomberie d'art, commencée par M. Durand, est continuée par MM. Monduit et Béchot, ses successeurs. (Voir leur article.)

La Jeunesse. — Gravure du MAGASIN PITTORESQUE.

Harmoniflûte sans pédale.

Harmoniflûte avec pédale.

HARMONIFLUTE BUSSON

OU ACCORDÉON-ORGUE

BREVETÉ EN FRANCE, EN ANGLETERRE, EN AUTRICHE ET EN BELGIQUE

17, rue des Francs-Bourgeois (au Marais), Paris.

L'Accordéon-Orgue, depuis appelé Harmoniflûte, est un joli instrument à clavier, se jouant également sur les genoux et sur une pédale. Il possède un registre, et toute musique arrangée pour le Piano et l'Orgue peut être jouée sur l'Harmoniflûte.

On peut jouer également de l'Harmoniflûte avec le secours d'une pédale brevetée.

M. Busson a également ajouté à l'Harmoniflûte une sourdine et un trémolo.

Tout nouvellement, M. Busson a encore ajouté une pédale portative très-élégante, dite *de voyage*, qui peut facilement se renfermer dans un étui fabriqué à cet effet.

BUSSON'S HARMONIFLUTE

OR ORGAN-ACCORDEON

PATENTED IN FRANCE, IN ENGLAND, IN AUSTRIA AND BELGIUM

17, rue des Francs-Bourgeois (au Marais), Paris.

The Organ-Accordeon or Harmoniflute is a fine instrument with a key board, equally played on the knees and on a pedal. The Harmoniflute possesses a register, and all kind of music for the Piano or Organ, may be played on this instrument.

Persons who wish to play with both hand have the facility of taking a pedal patented.

M. Busson has equally added to the Harmoniflute a sourdine and tremolo.

Recently, M. Busson has again added a portable pedal, said travelling pedal, which can with great ease be placed in a box for the purpose.

Salon de peinture de 1859. — Le Coup double. — Gravure du MAGASIN PITTORESQUE.

La Sorbonne. — Gravure du MAGASIN PITTORESQUE.

EXPOSITION UNIVERSELLE DE 1855

Fabrique spéciale

DE

DEVANTS DE CHEMISES

BRODÉS, TOILE & BATISTE

PLIS COUSUS ET A JOUR

BERTEVILLE

15, rue Neuve-Saint-Étienne, 15

(QUARTIER BONNE-NOUVELLE)

MOUCHOIRS BRODÉS

Broderies de Paris, de Nancy et des Vosges

Portail de Saint-Gervais. — Gravure du MAGASIN PITTORESQUE.

TABLETTES DE BOUILLON

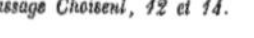

MOUSSU

Passage Choiseul, 12 et 14.

M. MOUSSU vient d'apporter un grand perfectionnement dans la fabrication des tablettes de bouillon. Une seule suffit pour faire en quelques minutes deux litres d'excellent bouillon ou consommé. Boîte de vingt tablettes : 12 francs ; demi-boîte de dix tablettes, 6 francs.

Sa Maison, déjà bien connue, est recommandée par les médecins les plus célèbres pour les soins qu'elle apporte à la préparation des pâtes et farines pour potages, pâtes d'Italie et des îles, tapioca, sagou, arrow-root, etc. — Les produits de la maison se trouvent exclusivement chez M. Moussu.

GRANDES CARRIÈRES

DE

MEULES A ÉMOUDRE

DE TOUTES DIMENSIONS

Expédition pour tous pays.

CONSTANT BRETON

SEUL PROPRIÉTAIRE, A BAINS

(VOSGES).

SONNERIES ÉLECTRIQUES

SYSTÈME

CAUMONT ET Cie

Seules admises par la Commission du règlement de la Préfecture de la Seine.

APPROUVÉES PAR M. LE PRÉFET

BREVETS EN FRANCE ET A L'ÉTRANGER

S. G. D. G.

Rue Richelieu, 29, à Paris.

JOURNAL DES DEMOISELLES

PARIS. — 1, Boulevard des Italiens, 1. — PARIS

INSTRUCTION

BIBLIOGRAPHIE

LITTÉRATURE ÉTRANGÈRE

POÉSIE

ÉCONOMIE DOMESTIQUE

ARTICLES DE MODES

GRAVURES D'ART
D'APRÈS LES PREMIERS MAITRES

GRAVURES DE MODES

IMITATIONS DE PEINTURE A L'HUILE
ET A L'AQUARELLE

TAPISSERIES EN COULEUR

PLANCHES DE BRODERIES
ET PATRONS

MUSIQUE

UN NUMÉRO DE 64 PAGES DE TEXTE GRAND IN-OCTAVO, PARAISSANT LE 1er DE CHAQUE MOIS, ET FORMANT UN MAGNIFIQUE VOLUME CHAQUE ANNÉE.

1re ÉDITION

PARIS. . . . . 10 FRANCS
DÉPARTEMENTS. . . . . . 12 —

2e ÉDITION (1)

PARIS. . . . . 16 FRANCS
DÉPARTEMENTS. . . . . 18 —

(1) **Le meilleur marché des journaux de Modes.** Cette édition (en tout semblable à la première) donne de plus 30 gravures de mode coloriées avec soin, en tout 48 gravures, et renferme un supplément de 16 colonnes, destiné spécialement à entretenir les lectrices des différentes Modes du moment.

En un mot, c'est un journal de modes complet, comme l'édition à 10 francs est une publication destinée aux jeunes personnes.

Le Quart d'heure de Rabelais. — Gravure du MAGASIN PITTORESQUE.

LA SEULE MAISON CHEVALIER

AYANT REÇU DES MÉDAILLES D'OR AUX EXPOSITIONS.

PALAIS ROYAL, 158. Atelier Cour des Fontaines
CI-DEVANT QUAI DE L'HORLOGE. **Fondée en 1760.**

GRAND CAFÉ PARISIEN

Tout Paris, la Province et l'Étranger s'empressent tous les jours de visiter ce remarquable Café, le plus grand du monde, une des curiosités merveilleuses de la capitale.

Cet Établissement hors ligne a été construit par l'architecte **Charles DUVAL** pour MM. **Lafontaine** et Compagnie.

Sculpture du pont de l'Alma. — Gravure du MAGASIN PITTORESQUE.

A. SOUALLE

78, faubourg Saint-Martin, au fond de la cour à gauche

ANCIENNE MAISON VALOGNE

Ci-devant 93, boulevard Sébastopol, et 8, boulevard Saint-Denis

COMMISSION — EXPORTATION

FABRIQUE DE

BOITES A MUSIQUE & D'HORLOGERIE

EN TOUS GENRES.

ANCIENNE USINE AU CHATEAU DE VILLETANEUSE (Seine)

Cette Maison, la plus ancienne en son genre, a fait d'immenses sacrifices pour implanter cette industrie en France ; ses produits sont incontestablement bien supérieurs à ceux similaires de la Suisse, et tous ses efforts tendent à maintenir cette supériorité, afin de satisfaire au bon goût et à toutes les exigences de sa clientèle.

APERÇU DE QUELQUES ARTICLES DE SA FABRICATION

Boîtes à musique ordinaires depuis 4 jusqu'à 30 airs.
— à tambour, timbres et castagnettes.
— à mandoline et forte-piano.
— à pièces à flûtes, dites *harmoniphones*.

Boîtes très-riches et très-variées de formes.

Nota. Par de récents traités passés avec tous les principaux auteurs et éditeurs de musique, cette maison a le privilége de pouvoir reproduire, sur ses instruments, tous les morceaux de la musique la plus moderne : Verdi, Bellini, etc.; morceaux religieux, etc.; répertoire aussi étendu que possible.

Montres en tous genres :

Montres à Cylindre or et argent.
— à Ancre —
— Duplex.
— à Remontoir au pendant.
— Chronomètres.
— en émail, armoriées, diamants, etc.

Compteurs.
Tableaux, horloges et placards.
Oiseaux chantants, etc.
Pièces mécaniques en tous genres.

Sculpture du pont de l'Alma. — Gravure du MAGASIN PITTORESQUE.

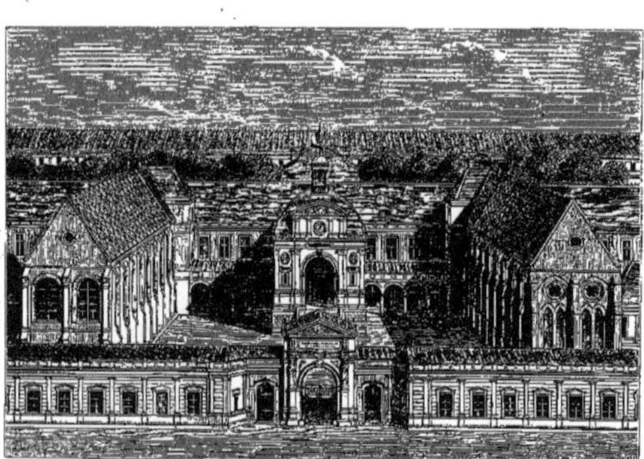

Vue du Conservatoire des arts et métiers. — Gravure du MAGASIN PITTORESQUE.

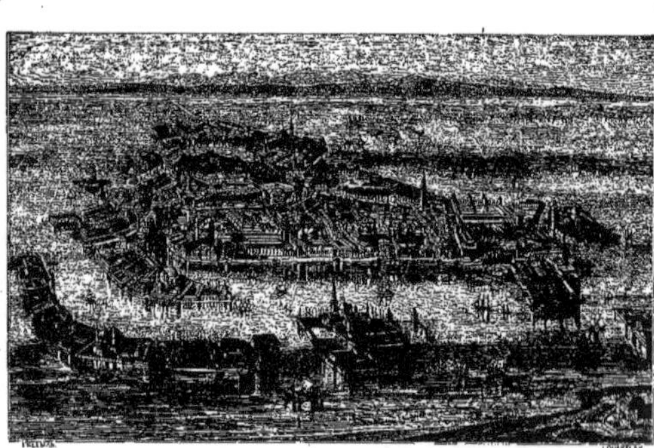

Vue de Venise. — Gravure du MAGASIN PITTORESQUE.

Le Jour de l'an dans les Vosges. — Gravure du MAGASIN PITTORESQUE.

Les Champs-Élysées. — Vue à vol d'oiseau. — Gravure du MAGASIN PITTORESQUE.

La Sorbonne. — Gravure du MAGASIN PITTORESQUE.

Portail de Saint-Gervais. — Gravure du MAGASIN PITTORESQUE.

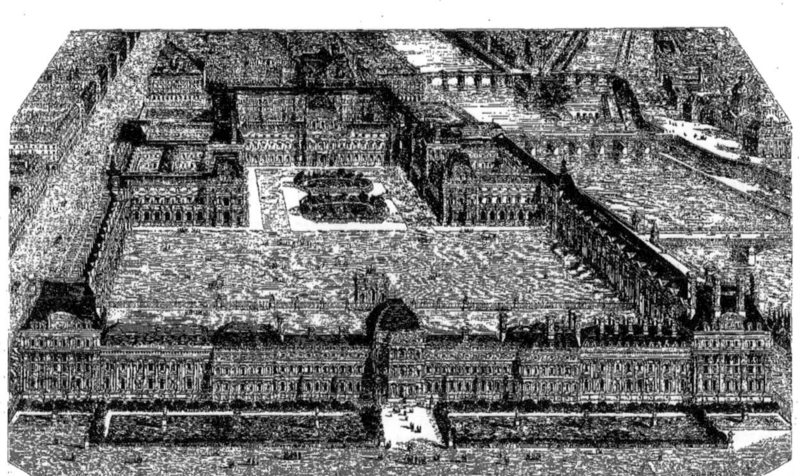

Vue générale du Louvre, prise du jardin des Tuileries. — Gravure du MAGASIN PITTORESQUE. — La plomberie d'art, commencée par M. Durand, est continuée par MM. Monduit et Béchet, ses successeurs. (Voir leur article.)

Médaille de 2e classe
à l'Exposition universelle de 1855

APPROBATION
du
Ministère des Travaux publics

APPROBATION
des
Principaux Architectes

ASSAINISSEMENT DES HABITATIONS

PARQUETS & LAMBRIS

SUR BITUME

BREVET D'INVENTION S. G. D. G.

MAISON GOURGUECHON

GOURGUECHON FRÈRES

SUCCESSEURS

PARIS — 148, Rue de Rivoli — PARIS

Usine à MONTROUGE, place du Chemin de fer de Sceaux

Mention honorable
à l'Exposition de 1849

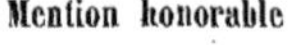

APPROBATION
du
Comité consultatif d'hygiène publique

APPLICATION DES PROCÉDÉS
dans
les Bâtiments de l'État
et de la
Ville de Paris

Nous ne ferons pas ici la description ni l'éloge de ce système de parquet, déjà si répandu et qui a pour lui les résultats de l'expérience; nous informons seulement MM. les architectes et propriétaires que nous avons apporté un perfectionnement au système primitif. Ce perfectionnement s'applique spécialement dans les lieux où le parquet est destiné à supporter une masse pesante, tels que les ateliers, les salles de billard, etc. Il consiste, une fois l'aire dressée et pilonnée, à enfoncer dans le sol même, jusqu'à ce qu'elle soit arrivée à niveau, une barre de bois de 0m,027 à 0m,030 d'épaisseur sur 0m,05 à 0m,06 de largeur. Cette barre est préalablement enduite de bitume sur toutes ses faces. Le parquet se pose ensuite de façon à ce que l'extrémité de chaque frise vienne s'appuyer sur la barre de bois.

Le bitume dans lequel chaque frise est scellée se relie ainsi à celui qui recouvre la barre, et l'on obtient un parquet solidaire, qui résiste impunément aux poids les plus lourds.

Toutefois, le système primitif continue à être appliqué *avec succès* dans tous les endroits où le parquet ne doit supporter que des objets d'un poids ordinaire, tels que meubles, casiers, etc.

Le perfectionnement ci-dessus donne lieu à une plus-value de 1 fr. par mètre carré.

Le système GOURGUECHON s'applique avec des bois de luxe et des dessins riches comme avec le bois de sapin et de peuplier.

PRIX DES DIFFÉRENTS TRAVAUX :

Travaux	Épaisseur	Prix
Parquet chêne à point de Hongrie,	0m,034	11 fr 50
— — —	0 027	10 50
— — à bâtons rompus,	0 034	11 »
— — —	0 027	10 »
— — —	0 020	9 25
— sapin à bâtons rompus,	0 025	8 »
— peuplier —	0 023	7 »
Parquets à façon préparés à la pose par les entrepreneurs		6 »
— non préparés à la pose par les entrepreneurs		5 50
Carrelage sur bitume en carreaux carrés		6 »
Pour le nouveau système avec barre enduite au bitume, une plus-value par mètre de		1 »
Lambris en chêne de 0m,027 enduits au bitume		8 »
— sapin de 0m,020 —		6 »
Enduits de bitume pour lambris, plinthes, etc.		2 50
Travaux en bitume		3 50

Les prix ci-dessus ne sont applicables qu'aux travaux faits dans l'enceinte de Paris. Pour la banlieue et les départements, il y a une plus-value pour les frais de voyage.

EAUX GAZEUSES NATURELLES

DE TABLE

CONDILLAC (REINE DES EAUX DE TABLE), GRANDRIF & RENAISON

Dans tous les Restaurants et Cafés au même prix que l'eau FACTICE

Unies au vin ou au sirop, ces eaux forment une boisson des plus agréables. Salutaires aux estomacs faibles ou fatigués, elles sont souveraines dans toutes les affections de cet important organe.

Le dégagement du gaz acide carbonique qui, dans les eaux *naturelles*, s'opère lentement, accompagne la digestion et l'aide jusqu'à ce qu'elle soit achevée.

Une eau *factice*, au contraire, perd tout son gaz en trois minutes; c'est une véritable explosion en plein estomac (*).

La première, *naturelle*, est une machine à vapeur qui marche; la seconde, *artificielle*, est une machine à vapeur qui éclate.

L'eau de Seltz *artificielle* n'est donc qu'une grossière imitation des eaux gazeuses *naturelles*; c'est le produit d'un mélange de *blanc d'Espagne* et d'*acide sulfurique* dans de l'eau plus ou moins pure.

Au reste, les dangers de cette boisson insalubre sont signalés tous les jours par les auteurs les plus autorisés du corps médical.

Les eaux gazeuses *naturelles* de CONDILLAC *(reine des eaux de table)*, GRANDRIF et RENAISON, ont été approuvées et recommandées par l'Académie impériale de médecine de Paris, les Sociétés de médecine de Lyon, de Savoie, de Bordeaux, etc.

Les eaux gazeuses *naturelles* de CONDILLAC, GRANDRIF et RENAISON, se vendent dans toutes les pharmacies au prix de 40 centimes (verre compris).

Administration générale de la Compagnie des Eaux gazeuses naturelles de Table, 3, passage Sainte-Croix-de-la-Bretonnerie, à Paris.

(*) Selon l'heureuse expression du docteur Tampier.

La Cour d'honneur à l'hôtel des Invalides. — Gravure du MAGASIN PITTORESQUE.

Gare du Chemin de fer de Paris à Strasbourg. — Gravure du MAGASIN PITTORESQUE.

Intérieur de la Madeleine. — Gravure du MAGASIN PITTORESQUE.

Boulevard de Sébastopol (rive droite). — Gravure du MAGASIN PITTORESQUE.

Intérieur d'un vaisseau de guerre. — Gravure du MAGASIN PITTORESQUE.

Une Volière, par Tahan. — Gravure du MAGASIN PITTORESQUE.

MAISON
BELLOIR FRÈRES
4, Quai Jemmapes, Place de la Bastille.
J. BELLOIR ET Cie
SUCCESSEURS
Fournisseurs & Décorateurs
DES HOTELS-DE-VILLE
De PARIS, LYON, MARSEILLE, Etc.
AMEUBLEMENTS
TAPISSERIES
ÉBÉNISTERIE
BRONZES
LOCATIONS MOBILIÈRES
FÊTES PUBLIQUES
&
PARTICULIÈRES

FABRIQUE & MAGASIN DE GROS
Faubg St-Denis, n° 50

BEAU & Cie, A PARIS

MAISON DE VENTE
Rue de la Monnaie, n° 11

BREVETS D'INVENTION & DE PERFECTIONNEMENTS

(DE QUINZE ANS, S. G. D. G.)

FILOGÈRES
OU PORTE-FILS

Nouveaux petits meubles, élégants et commodes, appropriés à l'usage de toutes les personnes qui se servent de fils et de ficelles, pour les employer journellement sans les emmêler, ni les salir, ni en rien perdre et les conserver en bon état.

Ils se divisent en deux catégories, savoir :

1° **LES FILOGÈRES A FICELLE pour Bureaux, Comptoirs, Magasins, Cuisines, &a.**

2° **& les FILOGÈRES A FILS pour les Dames, les Ouvrières, les Ateliers, &a.**

FILOGÈRES A FICELLE POUR BUREAUX, COMPTOIRS, MAGASINS, CUISINES, &A

6

Murale
Pour Cuisines et Magasins.

1

Ovoïde
Pour Magasins.

2
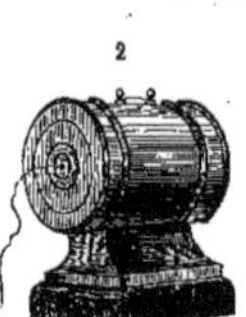
Tambour.

3

Verticale.

4

Horizontale.

5

A Calendrier
Perpétuel.

6

Murale
En cuivre poli.

Les **Filogères à ficelle** sont en métal bronzé, ajustées sur un socle pesant qui les maintient d'aplomb, et munies d'un petit *coupe-ficelle*. Leurs dimensions sont proportionnées à celles des pelotes qu'elles doivent contenir.

Les **Filogères de bureau** (figures 3 et 4) sont plus élégantes et renferment une bobine chargée qui se remplace instantanément par une autre, lorsque la provision est épuisée. — Au moyen d'agencements très simples, la ficelle sort et rentre, s'arrête et se coupe avec la plus grande facilité. — La murale (fig. 6) s'accroche au mur ou se transporte partout à volonté.

FILOGÈRES A FIL POUR LES DAMES, LES OUVRIÈRES, LES ATELIERS, &A

Pour tous les Ouvrages d'Aiguille, de Tricot, de Filet, de Crochet, de Broderie, de Tapisserie, etc.

7

Verticale
Pr une seule Bobine.

8

Ovoïdes réunies
Pour petites pelotes rondes.

9

Verticales réunies
Pour plusieurs Bobines.

10

Ovoïde
Pour une seule Pelote.

11

Ovoïdes réunies
Pour petites Pelotes rondes.

12

Alterne.
Pr Pelotes et Bobines réunies.

7

Verticale
Pr une seule Bobine.

Les **Filogères à fil** remédient aux graves inconvénients qui résultent de laisser à l'abandon les pelotes et les bobines, dont les fils se déroulent, s'enchevêtrent et se salissent. — Il suffit de renfermer chaque *pelote* de fil dans une *ovoïde* (fig. 10) et chaque *bobine* dans une *verticale* (fig. 7) pour les utiliser ensuite, sans aucune perte, jusqu'à la fin. — **Ces FILOGÈRES sont en bronze, acajou, ébène, &a.**

Les dessins ci-dessus font voir que ces appareils conviennent à tous les usages, soit qu'on n'ait besoin que d'une pelote de fil ou d'une bobine, soit qu'on veuille en réunir 4, 5, 6, 8, 10 et plus, pour avoir un assortiment complet. — Le plateau qui les porte tourne et présente immédiatement le fil préféré ; une jolie coupe reçoit le dé et d'autres menus objets, et la pelote terminale sert à piquer les aiguilles et les épingles.

LA FILOGÈRE est donc un objet d'utilité générale que chacun voudra se procurer, soit pour son usage, soit pour l'offrir comme un CADEAU GRACIEUX ET DURABLE.

Pont Charles-Albert, en Savoie. — Gravure du Magasin pittoresque.

Moustiers (département des Basses-Alpes). — Gravure du Magasin pittoresque.

L'embarquement à contre-cœur. — Gravure du *Magasin pittoresque.*

Ramoneurs partant pour le travail. — Gravure du MAGASIN PITTORESQUE.

Le Quart d'heure de Rabelais. — Gravure du MAGASIN PITTORESQUE.

Ésope et le Christ. — Gravure du MAGASIN PITTORESQUE.

Vue de l'École polytechnique. — Gravure du Magasin pittoresque.

Hébé, par Pradier. — Édité par Susse frères.

FABRIQUE DE BILLES DE BILLARD

BOUTONS DE PORTES, ARTICLES IVOIRE POUR LA QUINCAILLERIE

LOREAU

Fournisseur des plus grands Cafés de Paris.

8, CITÉ BOUFFLERS, 8

Anneaux ivoire. Coulants de Serviettes.

RUE DU PETIT-THOUARS

en face le Marché du Temple.

LA SEULE MAISON CHEVALIER

AYANT REÇU DES MÉDAILLES D'OR AUX EXPOSITIONS.

PALAIS-ROYAL, 158. Atelier Cour des Fontaines

CI-DEVANT QUAI DE L'HORLOGE. **Fondée en 1760.**

SPÉCIALITÉ DE TABLES

A COULISSES EN FER ET AUTRES

Brevet S. G. **d'invention.** D. G.

RIBAL **RIBAL**

51, rue du Faubourg-Saint-Antoine, dans la Cour à gauche.

On rend des Coulisses en fer à 3 francs par Allonge.

PASTILLES DE MENTHE ANGLAISE

PEPPER MINT LONDON

(Marque de fabrique déposée)

BREVETÉES S. G. D. G.

Digestives par excellence, parfum délicieux pour la bouche.

Ces pastilles de menthe anglaise, dites **Peppermint London**, si recherchées, doivent leur succès à leur qualité incontestable et aux propriétés qu'elles ont d'être légères, transparentes et rafraîchissantes. Elles sont très-agréables dans le parcours d'un voyage.

La boîte ovale, 2 fr.; la demi-boîte, 1 fr.; la cartouche, 40 c.; le paquet, 30 c.

Dépôt chez les Marchands de tabac, Épiciers, Confiseurs, et dans les Buffets de chemins de fer.

VENTE EN GROS ET EXPORTATION

A. Mauprivez, droguiste, rue Sainte-Croix-de-la-Bretonnerie, 59.

CHANGEMENT DE DOMICILE

MAINTENANT **RUE D'ABBEVILLE**, 5 BIS, PRÈS LA PLACE LAFAYETTE

Petite trompette saxomnitonique chromatique, à 4 pistons, dont 2 donnant 3 demi-tons chromatiques ascendants, et les 2 autres 3 demi-tons chromatiques descendants. 7 tonalités ou positions.

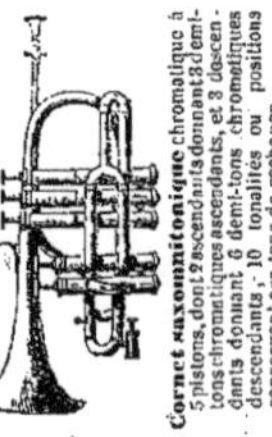

Cornet saxomnitonique chromatique à 5 pistons, dont 2 ascendants donnant 3 demi-tons chromatiques ascendants, et 3 descendants donnant 6 demi-tons chromatiques descendants, 10 tonalités ou positions conservent ses tons de rechange.

ALPHONSE SAX JUNIOR

FACTEUR ET INGÉNIEUR EN INSTRUMENTS DE MUSIQUE

MANUFACTURE D'INSTRUMENTS EN CUIVRE & EN BOIS

En tous genres, en toutes formes et en tous les tons.

HARMONIE ET MUSIQUE MILITAIRE

Rue d'Abbeville, n° 5 *bis*, PARIS (*près de la* **place Lafayette**)

précédemment **22, rue Lamartine**

BELLE SALLE DE 300 PERSONNES POUR CONCERTS ET RÉPÉTITIONS

COMMISSION. — **NEUF BREVETS D'INVENTION.** — EXPORTATION.

Breveté de S. M. l'Empereur des Français. — Grand brevet de S. M. la Reine d'Angleterre — Breveté de S. M. le Roi des Belges. — 2e Prix en 1838. — 1er Prix en 1841. — Prix d'honneur. Médaille d'or, en 1843. — DÉLÉGUÉ par le Gouvernement belge pour visiter l'Exposition universelle de Londres en 1851.

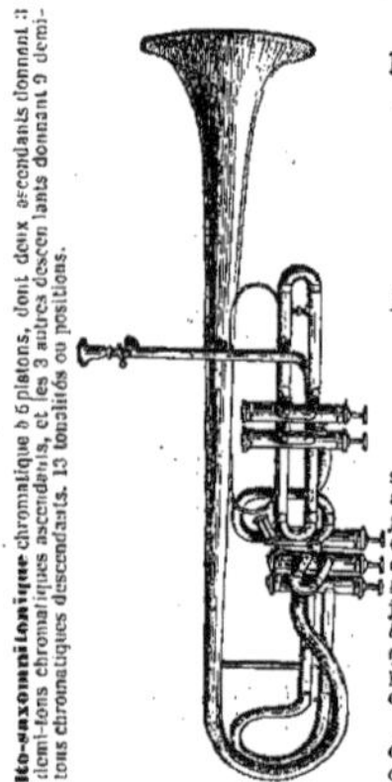

Alto-saxomnitonique chromatique à 5 pistons, dont deux ascendants donnant 3 demi-tons chromatiques ascendants, et les 3 autres descendants donnant 9 demi-tons chromatiques descendants. 13 tonalités ou positions.

Basse saxomnitonique chromatique à 5 pistons, dont 2 ascendants donnant 3 demi-tons chromatiques ascendants, et les 3 autres descendants donnant 9 demi-tons chromatiques descendants. 13 tonalités ou positions.

Inventé par **M. Alphonse SAX** junior, *nouveau système de pistons,* à colonne d'air progressivement conique, sans solution de continuité, depuis la branche d'embouchure jusqu'au pavillon, avec ou sans l'emploi des pistons, suppression complète *des angles et coudes ou rétrécissements, justesse, grande facilité d'émission, homogénéité, accroissement de sonorité* pour les instruments de cuivre de toutes les formes, de tous les tons et de tous les timbres qui distinguent chaque famille, depuis la voie la plus aiguë jusqu'à la plus grave. — NOUVEAU PRINCIPE de la division *en demi-tons* de tous les instruments en cuivre dits **saxomnitoniques,** inventé par M. ALPHONSE SAX junior, consistant dans la réunion, sur un même instrument, de pistons *ascendants, produisant les gammes chromatiques ascendantes,* et de pistons *descendants, produisant les gammes chromatiques descendantes,* en laissant comme intermédiaire ou point de départ et de ralliement au principe ascendant et descendant, les résonnances harmoniques ou sons naturels du tube principal de l'instrument.

Les nouvelles richesses résultant de ce principe sont telles que l'on peut les considérer comme étant *le dernier mot donné de la perfection* desdits instruments, au point de vue de l'*acoustique, de la justesse, de la facilité* de l'émission des tons et de leur homogénéité, ainsi que par les nombreuses ressources nouvelles offertes aux compositeurs et aux artistes.

Tous les trilles, même ceux impossibles jusqu'à ce jour, sont faciles et de plusieurs manières différentes, soit par tons ou demi-tons, sur tous les degrés de l'échelle chromatique, en n'employant jamais qu'un seul piston (ou point), simplicité de mécanisme par la suppression des fourches et de la prise simultanée de deux ou trois pistons. Les enharmoniques telles que *si* bemol et *la* dièse, etc., etc., également sur tous les degrés de l'échelle chromatique; enfin, *justesse absolue, homogénéité et facilité d'émission, accroissement de sonorité et d'étendue sans lacune, arpéges dans toutes les tonalités usitées en musique* jusqu'à ce jour; tels sont les avantages du problème que vient de résoudre **M. Alphonse SAX** junior, *par l'innovation de* SON PRINCIPE SAXOMNITONIQUE, avantages auxquels le jury de l'Exposition universelle de Paris a consacré la plus belle page dans son rapport officiel (INSTRUMENTS EN CUIVRE), dont voici de courts extraits :

« **Alphonse SAX** junior a résolu d'une manière heureuse le problème *de la justesse* par un nouveau piston ascendant d'un demi-» ton. Quoiqu'il ne soit pas exposant, nous croyons ne pas pouvoir passer son invention sous silence, parce que nous la considérons » comme s'appuyant sur un principe vrai, destiné à opérer une réforme salutaire dans le système des pistons. Le piston ascendant de » **M. Alphonse SAX** ne change rien à la nature du tube principal, il le raccourcit simplement et le laisse dans ses conditions » acoustiques rigoureusement justes. »

« **M. Alphonse SAX,** par une ingénieuse disposition de pistons et par une combinaison nouvelle des trous d'entrée et de sortie » de la colonne d'air, est parvenu à conserver la forme conique aux tubes additionnels, dont il a d'ailleurs supprimé ou diminué consi-» dérablement l'emploi par son piston ascendant; par la réunion de ces deux perfectionnements importants, il a ramené la construction » des instruments à piston aux conditions normales de justesse et d'égale sonorité.

» La combinaison résultant de l'application du principe de **M. Alphonse SAX** est une CRÉATION NOUVELLE; c'est par elle seulement » qu'est résolu le problème d'UNE JUSTESSE PARFAITE pour les instru-» ments à pistons. — Le mécanisme est partout de la plus grande » simplicité. Nous rappellons sur cette réforme l'attention des » facteurs d'instruments de cuivre, car elle est RADICALE ET » FONDAMENTALE. Elle s'applique avec un égal succès à toutes les » voix de chaque famille, *sopranos, contraltos, ténors, barytons,* » *basses* et *contre-basses* : tout se perfectionne par l'application de » son système. »

Signé :

FÉTIS père,

Rapporteur.

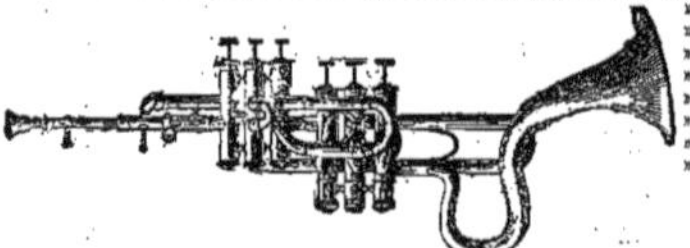

Instrument saxomnitonique chromatique complet, à 6 pistons, dont 3 ascendants donnent 6 demi-tons chromatiques ascendants, et les trois autres descendants, donnant 6 demi-tons chromatiques descendants. 16 tonalités ou positions.

Les dessins d'instruments représentés ici ne forment qu'une partie de la série générale des instruments dits **saxomnitoniques.**

Cor saxomnitonique chromatique à 4 pistons, dont 2 ascendants donnent 3 demi-tons chromatiques ascendants, et les 2 autres descendants donnant 3 demi-tons chromatiques descendants, 7 tonalités ou positions conservent ses tons de rechange et le timbre du cor simple.

La Jeunesse. — Gravure du Magasin pittoresque.

Sculpture du pont de l'Alma. — Gravure du MAGASIN PITTORESQUE.

A. SOUALLE

78, faubourg Saint-Martin, au fond de la cour à gauche

ANCIENNE MAISON VALOGNE

Ci-devant 93, boulevard Sébastopol, et 8, boulevard Saint-Denis

COMMISSION — EXPORTATION

FABRIQUE DE

BOITES A MUSIQUE & D'HORLOGERIE

EN TOUS GENRES.

ANCIENNE USINE AU CHATEAU DE VILLETANEUSE (Seine)

Cette Maison, la plus ancienne en son genre, a fait d'immenses sacrifices pour implanter cette industrie en France ; ses produits sont incontestablement bien supérieurs à ceux similaires de la Suisse, et tous ses efforts tendent à maintenir cette supériorité, afin de satisfaire au bon goût et à toutes les exigences de sa clientèle.

APERÇU DE QUELQUES ARTICLES DE SA FABRICATION

Boîtes à musique ordinaires depuis à jusqu'à 30 airs.
— à tambour, timbres et castagnettes.
— à mandoline et forte-piano.
— à pièces à flûtes, dites *harmoniphones*.

Boîtes très-riches et très-variées de formes.

Nota. Par de récents traités passés avec tous les principaux auteurs et éditeurs de musique, cette maison a le privilége de pouvoir reproduire, sur ses instruments, tous les morceaux de la musique la plus moderne : Verdi, Bellini, etc. ; morceaux religieux, etc. ; répertoire aussi étendu que possible.

Montres en tous genres :

Montres à Cylindre or et argent.
— à Ancre —
— Duplex.
— à Remontoir au pendant.
— Chronomètres.
— en émail, armoriées, diamants, etc.

Compteurs.
Tableaux, horloges et placards.
Oiseaux chantants, etc.
Pièces mécaniques en tous genres.

Sculpture du pont de l'Alma. — Gravure du MAGASIN PITTORESQUE.

Estampe satirique sur le mariage, en 1613. — Gravure du MAGASIN PITTORESQUE.

Marionnettes chinoises. — Gravure du MAGASIN PITTORESQUE.

APPAREILS PERFECTIONNÉS ET BREVETÉS S. G. D. G. POUR LA FABRICATION DES

EAUX DE SELTZ, LIMONADES, VINS MOUSSEUX

IMITANT PARFAITEMENT LE CHAMPAGNE & TOUTES ESPÈCES DE BOISSONS GAZEUSES

Construits par **HERMANN LACHAPELLE et GLOVER**, ingénieurs mécaniciens,

144, rue du Faubourg-Poissonnière, à Paris.

Fig. 5. Fig. 4. Fig. 3. Fig. 2. Fig. 1. Fig. 6.

Atelier de fabrication où les diverses parties des appareils marchent à bras. — Un local de deux à trois mètres carrés suffit pour l'installation de cet atelier. — Toutes nos machines ayant la même forme, elles ne diffèrent que dans les proportions des figures 1, 2, 3, 4, 5, 6, 7 et 8. — Fig. 1, producteurs et laveurs; fig. 2, gazomètre; fig. 3, saturateur; fig. 4, tirage des bouteilles; fig. 5, tirage des siphons; fig. 6, pompe pour mesurer et doser les sirops et faire des limonades en bouteilles et siphons.

Fig. 9. Fig. 8. Fig. 5. Fig. 10. Fig. 4. Fig. 2. Fig. 3. Fig. 1.

Atelier de fabrication dans lequel un ou plusieurs appareils saturateurs et producteurs fonctionnent par l'intermédiaire d'une transmission commandée par une petite machine fixe, à chaudière indépendante, avec foyer intérieur, tel que le dessin, ou par machine locomobile ou tout autre moteur.

Avec nos appareils dits continus, on peut fabriquer dans une journée une quantité considérable d'eau de Seltz et de boissons gazeuses de toute espèce, à un prix de revient insignifiant. Entièrement construits en métal, ces appareils sont d'une si grande SIMPLICITÉ MÉCANIQUE qu'ils peuvent marcher sous la direction de la première personne venue, et par la force d'un seul homme. Le générateur est en cuivre rouge glacé de plomb; le réservoir à acide, de la même matière, est adapté extérieurement; un distributeur garni de PLATINE règle et économise l'emploi de l'acide. Un mécanisme ingénieux permet d'opérer le lavage du gaz dans un seul cylindre, contenant deux laveurs en cuivre, glacé d'étain, surmonté d'un troisième laveur indicateur. Le gazomètre à double suspension et sa cuve sont en fer galvanisé. Le saturateur, véritable œuvre d'art, de forme sphérique, en bronze étamé, pourvu d'un manomètre métallique, d'un niveau d'eau et d'une soupape à sifflet, est porté avec la pompe et le réservoir d'eau sur une élégante pièce de fonte. Les appareils à tirage permettent, à l'aide du pied, d'ouvrir et de fermer les siphons par le simple jeu de la pédale, qui le présente au robinet à double effet. L'ensemble de l'appareil marche avec une précision mathématique et ne demande presque jamais de réparations, d'ailleurs toujours faciles à faire. Toutes les instructions sur l'installation des appareils, la production du gaz acide carbonique, et la fabrication de l'eau de Seltz et des boissons gazeuses, sont contenues dans une notice qu'on envoie à toutes les personnes qui en font la demande.

Quand on applique de petites machines à vapeur fixes et indépendantes à nos appareils saturateurs, quelle que soit leur capacité, on obtient une production de plus du double que lorsqu'ils marchent à bras.

Nous avons donc construit un nouveau système de ces petites machines, applicables à toutes les industries et pouvant être conduites par les personnes les plus inexpérimentées en mécanique.

Chaque appareil de tirage, garni de sa cuirasse en cuivre, pour bouteilles et siphons, est de 120 francs.

La pompe à sirop, indispensable pour la fabrication des limonades et de toutes les boissons sucrées, est de 140 fr.

NOTA. — Tous les appareils sont essayés avant d'être livrés, et garantis contre tout vice de construction.

On peut donc, avec un capital minime, monter un très-bon et très-beau laboratoire, fabriquer dans d'excellentes conditions, et se créer rapidement une honnête aisance en ne fournissant au public que des produits de premier choix.

SIPHONS d'une extrême solidité, qui se recommandent par l'élégance de la forme, la qualité supérieure du cristal de verre que nous employons, simples et faciles à nettoyer et à réparer : les petits leviers, 2 fr. 50 c.; les grands leviers, 2 fr. 75 c., et 20 centimes de plus pour les verres de couleur. Les demi-siphons sont de 10 centimes meilleur marché.

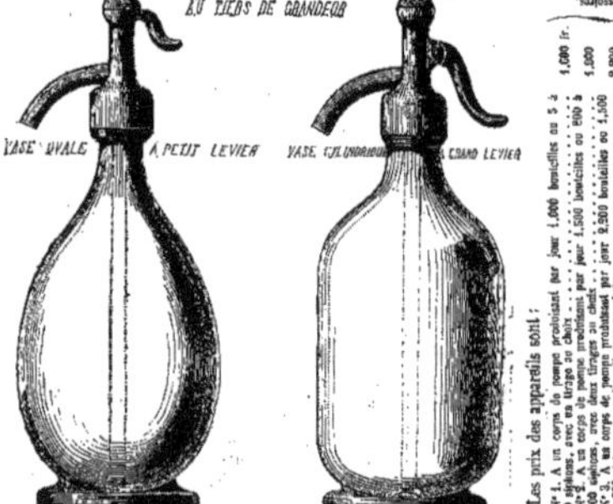

Les prix des appareils sont :

N° 1. A un corps de pompe produisant par jour 1,000 bouteilles ou 5 à 600 siphons, avec un tirage au choix	1,000 fr.	Avec accessoires.
N° 2. A un corps de pompe produisant par jour 1,500 bouteilles ou 800 à 1,000 siphons, avec deux tirages au choix	1,600	
N° 3. A un corps de pompe produisant par jour 2,200 bouteilles ou 1,500 à 1,800 siphons, avec deux tirages au choix	2,200	
N° 4. A un corps de pompe produisant par jour 3,000 bouteilles ou 2,200 à 2,600 siphons, avec deux tirages au choix	2,500	
N° 5. A deux corps de pompe produisant par jour 4,500 à 5,000 bouteilles ou de 3,500 à 4,000 siphons, avec deux tirages au choix	3,000	
N° 6. A deux corps de pompe produisant par jour 6,000 bouteilles ou de 5,000 à 5,500 siphons, avec deux tirages au choix	3,500	

Béranger. — Gravure du MAGASIN PITTORESQUE.

Le Départ. — Gravure du MAGASIN PITTORESQUE.

Palais d'Orsay (salle du Conseil d'État). — Gravure du MAGASIN PITTORESQUE.

La Tour Saint-Jacques. — Gravure du MAGASIN PITTORESQUE.

CHANGEMENT DE DOMICILE

MAINTENANT RUE D'ABBEVILLE, 5 BIS, PRES LA PLACE LAFAYETTE

Petite trompette saxomnitonique chromatique, à 4 pistons, dont 2 donnant 3 demi-tons chromatiques ascendants, et les 2 autres 3 demi-tons chromatiques descendants. 7 tonalités ou positions.

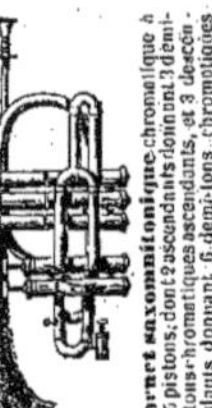

Cornet saxomnitonique chromatique à 5 pistons, dont 2 ascendants donnant 3 demi-tons chromatiques ascendants, et 3 descendants donnant 6 demi-tons chromatiques descendants. 10 tonalités ou positions conservent ses tons de rechange.

ALPHONSE SAX JUNIOR

FACTEUR ET INGÉNIEUR EN INSTRUMENTS DE MUSIQUE

MANUFACTURE D'INSTRUMENTS EN CUIVRE & EN BOIS

En tous genres, en toutes formes et en tous les tons.

HARMONIE ET MUSIQUE MILITAIRE

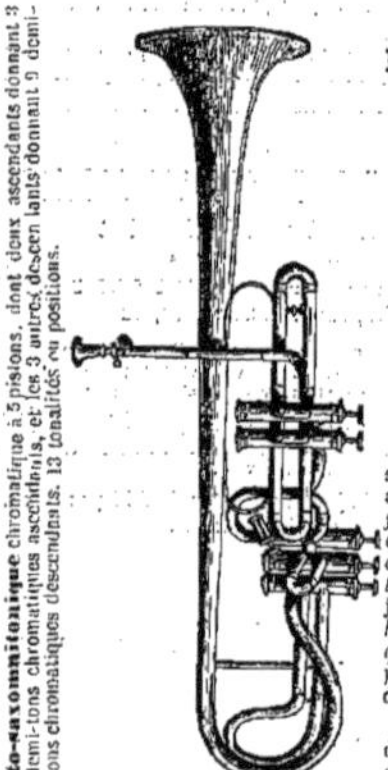

Alto saxomnitonique chromatique à 5 pistons, dont deux ascendants donnant 3 demi-tons chromatiques ascendants, et les 3 autres descendants donnant 9 demi-tons chromatiques descendants. 13 tonalités ou positions.

Rue d'Abbeville, n° 5 *bis*, PARIS (*près de la* **place Lafayette**)

précédemment **22, rue Lamartine**

BELLE SALLE DE 300 PERSONNES POUR CONCERTS ET RÉPÉTITIONS

COMMISSION. — **NEUF BREVETS D'INVENTION.** — EXPORTATION.

Breveté de S. M. l'Empereur des Français. — Grand brevet de S. M. la Reine d'Angleterre — Breveté de S. M. le Roi des Belges. — 2e Prix en 1838. — 1er Prix en 1841. — Prix d'honneur. Médaille d'or, en 1843. — DÉLÉGUÉ par le Gouvernement belge pour visiter l'Exposition universelle de Londres en 1851.

Inventé par **M. Alphonse SAX** junior, *nouveau système de pistons,* à colonne d'air progressivement conique, sans solution de continuité, depuis la branche d'embouchure jusqu'au pavillon, avec ou sans l'emploi des pistons, suppression complète *des angles et coudes ou rétrécissements, justesse, grande facilité d'émission, homogénéité, accroissement de sonorité* pour les instruments de cuivre de toutes les formes, de tous les tons et de tous les timbres qui distinguent chaque famille, depuis la voie la plus aiguë jusqu'à la plus grave. — NOUVEAU PRINCIPE de la division *en demi-tons* de tous les instruments en cuivre dits **saxomnitoniques,** inventé par M. ALPHONSE SAX junior, consistant dans la réunion, sur un même instrument, de pistons *ascendants, produisant les gammes chromatiques ascendantes,* et de pistons *descendants, produisant les gammes chromatiques descendantes,* en laissant comme intermédiaire ou point de départ et de ralliement au principe ascendant et descendant, les résonnances harmoniques ou sons naturels du tube principal de l'instrument.

Les nouvelles richesses résultant de ce principe sont telles que l'on peut les considérer comme étant *le dernier mot donné de la perfection* desdits instruments, au point de vue de *l'acoustique, de la justesse, de la facilité* de l'émission des tons et de leur homogénéité, ainsi que par les nombreuses ressources nouvelles offertes aux compositeurs et aux artistes.

Basse saxomnitonique chromatique à 5 pistons, dont 2 ascendants donnant 3 demi-tons chromatiques ascendants, et les 3 autres descendants donnant 9 demi-tons chromatiques descendants. 13 tonalités ou positions.

Tous les trilles, même ceux impossibles jusqu'à ce jour, sont faciles et de plusieurs manières différentes, soit par tons ou demi-tons, sur tous les degrés de l'échelle chromatique, en n'employant jamais qu'un seul piston (ou point), simplicité de mécanisme par la suppression des fourches et de la prise simultanée de deux ou trois pistons. Les enharmoniques telles que *si* bémol et *la* dièse, etc., etc., également sur tous les degrés de l'échelle chromatique; enfin, *justesse absolue, homogénéité et facilité d'émission, accroissement de sonorité et d'étendue sans lacune, arpèges dans toutes les tonalités usitées en musique* jusqu'à ce jour; tels sont les avantages du problème que vient de résoudre **M. Alphonse SAX** junior, *par l'innovation de* SON PRINCIPE SAXOMNITONIQUE, avantages auxquels le jury de l'Exposition universelle de Paris a consacré la plus belle page dans son rapport officiel (INSTRUMENTS EN CUIVRE), dont voici de courts extraits :

« **Alphonse SAX** junior a résolu d'une manière heureuse le problème *de la justesse* par un nouveau piston ascendant d'un demi-» ton. Quoiqu'il ne soit pas exposant, nous croyons ne pas pouvoir passer son invention sous silence, parce que nous la considérons » comme s'appuyant sur un principe vrai, destiné à opérer une réforme salutaire dans le système des pistons. Le piston ascendant de » **M. Alphonse SAX** ne change rien à la nature du tube principal, il le raccourcit simplement et le laisse dans ses conditions » acoustiques rigoureusement justes. »

« **M. Alphonse SAX,** par une ingénieuse disposition de pistons et par une combinaison nouvelle des trous d'entrée et de sortie » de la colonne d'air, est parvenu à conserver la forme conique aux tubes additionnels, dont il a d'ailleurs supprimé ou diminué consi- » dérablement l'emploi par son piston ascendant; par la réunion de ces deux perfectionnements importants, il a ramené la construction » des instruments à piston aux conditions normales de justesse et d'égale sonorité.

» La combinaison résultant de l'application du principe de **M. Alphonse SAX** est une CRÉATION NOUVELLE; c'est par elle seulement » qu'est résolu le problème d'UNE JUSTESSE PARFAITE pour les instru- » ments à pistons. — Le mécanisme est partout de la plus grande » simplicité. Nous rappellons sur cette réforme l'attention des » facteurs d'instruments de cuivre, car elle est RADICALE ET » FONDAMENTALE. Elle s'applique avec un égal succès à toutes les » voix de chaque famille, *sopranos, contraltos, ténors, barytons, » basses* et *contre-basses* : tout se perfectionne par l'application de » son système. »

Signé :

FÉTIS père,

Rapporteur.

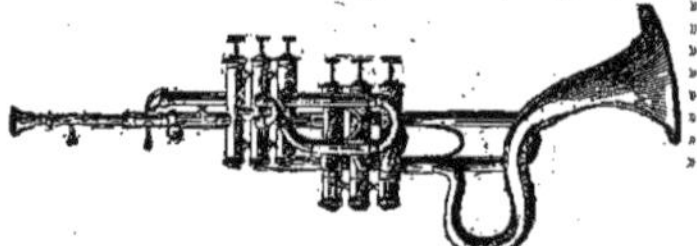

Instrument saxomnitonique chromatique complet, à 6 pistons, dont 3 ascendants donnant 6 demi-tons chromatiques ascendants, et les trois autres descendants, donnant 6 demi-tons chromatiques descendants. 16 tonalités ou positions.

Les dessins d'instruments représentés ici ne forment qu'une partie de la série générale des instruments dits **saxomnitoniques.**

Cor saxomnitonique chromatique à 4 pistons, dont 2 ascendants donnant 3 demi-tons chromatiques ascendants, et les 2 autres descendants donnant 3 demi-tons chromatiques descendants, 7 tonalités ou positions conservent ses tons de rechange et le timbre du cor simple.

Intérieur des Magasins de la Manufacture de Glaces d'ALEXANDRE jeune, rue du Faubourg-Saint-Antoine, 91 et 93, Paris.

ENCADREMENTS DE STYLE & FANTAISIE

POUR

Tableaux, Dessins, Gravures, Photographies, Dorure de Meubles et d'Appartements.

WANDEMBERG

42, RUE NEUVE-SAINT-AUGUSTIN, 42

ENTRÉE DES ATELIERS PAR LA PORTE COCHÈRE.

Aperçu des modèles de la Maison WANDEMBERG.

Le Renard décoré. — Gravure du MAGASIN PITTORESQUE.

Ces chaussures sont faites par des *procédés mécaniques perfectionnés* et supérieurs à ceux qui ont été employés précédemment pour visser les chaussures. Ne pas confondre ces chaussures avec celles fabriquées par l'ancien système de chaussures à vis, qui ne présente d'ailleurs, sous tous les rapports, *aucun des avantages de celui-ci*, ni pour la solidité, ni pour l'élégance de la fabrication, et n'ajouter foi qu'à celles revêtues d'une *Abeille* comme dans la marque ci-dessus. *La supériorité de ce système perfectionné* est incontestable; il a déjà mérité plusieurs Médailles, au nombre desquelles est la **MÉDAILLE D'HONNEUR.**

A l'aide de ce système perfectionné, et de l'emploi exclusif de toutes premières qualités en cuirs et en étoffes, les chaussures à l'Abeille, déjà si connues, dépassent aujourd'hui tout ce que l'on a fait de meilleur jusqu'à ce jour; elles sont, de plus, rendues imperméables par la pression qui est opérée sur les semelles au moment de l'introduction des vis; cette pression peut être portée à 500 kilogr. et plus; elle rapproche si fortement les cuirs, que toutes les **Chaussures à l'Abeille sont impénétrables à l'eau.**

Numéros des Modèles.	TARIF DE LA VENTE EN DÉTAIL Vente au compt. sans escompte.	Semelles simples.	Semelles doubles.	Liége ou Patins.
	CHAUSSURES POUR HOMMES.	fr. c.	fr. c.	fr. c.
1	**BOTTINES** en chevreau, avec élastiques et baguettes, claquées en veau ou vache, vernis....	25 »	26 »	27 »
2	**BOTTINES** en veau ciré, avec élastiques	20 »	21 »	22 »
3	**SOULIERS** avec 2 élastiques, veau ou vache, vernis	16 »	17 50	18 50
4	Id. lacés dessus, veau ou vache, vernis	14 »	15 50	16 50
	Les modèles 1, 3, 4, en veau ciré, valent 1 f. 50 de m.			
9	**SOULIERS** napolitains, veau ciré............	12 50	13 50	14 50
	CHAUSSURES DE CHASSE.			
7	**SOULIERS-MOLIÈRE**..................	»	16 50	»
8	**BRODEQUINS**..................	»	19 »	»
19	**GUÊTRES** en veau blanc, 1ʳᵉ qualité, à 3 boucles . 10 fr.			
20	— Id. — à 4 boucles . 12			
21	— Id. — à 5 boucles . 10			
	CHAUSSURES POUR ENFANTS.		25 à 33	34 à 37
5	**SOULIERS**, avec deux élastiques, veau ou vache, vernis		12 »	13 »
4	Id. lacés dessus, veau verni ou vache vernie...		10 50	11 50
4	Id. lacés dessus, veau ciré..................		9 50	10 50
9	Id. napolitains, veau ciré..................		9 50	11 »
	Les semelles doubl. valent 1 fr. de plus; liége ou pat. 1 fr. 50.			
	RACCOMMODAGES POUR HOMMES.			
	Pour remonter des bottines élastiques, veau ciré.........		13 50	
	— Id. — veau verni........		15 »	
	Doubles semelles, 2 fr. de plus; liége ou patins, 3 fr.			
	Patins sur des chaussures neuves..................		2 25	
	Demi-Semelles aux souliers		3 25	
	Talons pour souliers et bottines, veau ciré..................		1 50	
	— Id. — veau verni..................		1 75	
	Demi-semelles et talons, veau ciré..................		4 50	
	— Id. veau verni..................		5 »	

Numéros des Modèles.	TARIF DE LA VENTE EN DÉTAIL Vente au compt. sans escompte.	ESCARPINS sans Talons.	ESCARPINS avec Talons.
	CHAUSSURES POUR DAMES.	fr. c.	fr. c.
25	**BOTTINES** en cachemire noir, lacées, claques carrées et talonnettes..................	11 »	12 »
26	**BOTTINES** en cachemire noir, avec élastiques, claques carrées et talonnettes..................	13 »	14 »
	Les bottines haute claque ronde valent le même prix.		
49	**BOTTINES** en chevreau, haute claque vernie, élastiques.	»	16 »
50	— Id. — à boutons	»	15 »
	Les modèles 49 et 50 valent, en cachemire noir, 1 fr. 50 de moins.		
74	**BOTTINES** en cachemire noir, haute claque vernie, lacées.	11 »	12 »
93	**BOTTINES** anglais, en cachem. noir, toute étoffe à guêtres.	11 »	12 »
	Le modèle 90, en chevreau, haute claque vernie, vaut....	»	16 »
110	**BOTTINES** en cachemire noir, toute étoffe, avec bout en verni	9 50	10 50
237	**SOULIERS** en chèvre, à guêtre	8 »	9 »
239	Id. en cachemire noir, hautes claques, en veau verni..................	9 »	10 »
	Le modèle n° 50 vaut, en chevreau pour fillettes........	»	11 »
	Les bottines semelles doubles valent 50 cent. de plus; liége ou patins, 1 fr.		
	Les souliers et bottines claqués valent, en drap cachemire, 50 cent de plus.		
	Les bottines avec doublure en flanelle, extra-fine, 50 c. de plus		
	RACCOMMODAGES POUR DAMES		
	Demi-semelles, souliers ou bottines..................	2 50	
	Talons, souliers ou bottines..................	1 »	
	Claques, devant seulement..................	3 25	
	— talonnettes..................	2 25	
	Empeignes pour souliers, veau, 2 fr. 75, verni..................	3 25	
	Demi-semelles et talons, souliers ou bottines..................	3 25	
	Claques et talonnettes, avec ou sans talons..................	5 75	
	— — avec demi-semelles et talons..................	8 »	

NOTA.—Ces chaussures sont garanties indévissables; elles peuvent être raccommodées parfaitement bien, soit par ce système, soit par la couture.

FRANCE. *Toute lettre non affranchie sera refusée.* EXPORTATION.

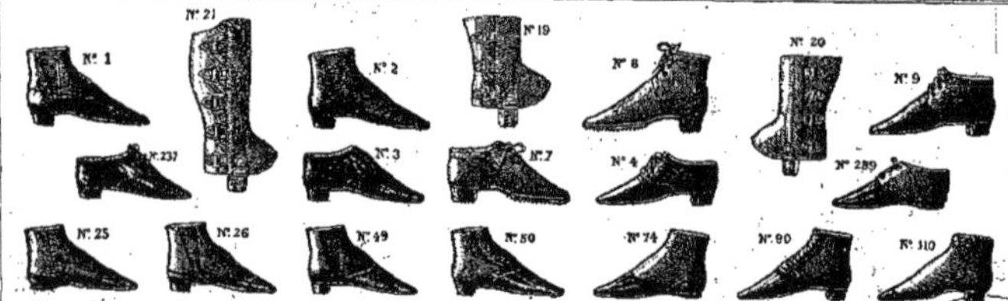

Pour toutes les affaires en GROS et conditions de DÉPOT, s'adresser directement à la Manufacture, N° 35, RUE des BOURDONNAIS. PARIS. — Voy. *Annuaire* Didot, 1861, page 2570.

Paris. — Typographie de J. Best, rue St-Maur-St-Germain, 15.

PLAN DE PARIS, BEAUX-ARTS ET INDUSTRIE

PUBLIÉ PAR AGNUS AINÉ

Quai Saint-Michel, 21

Quai Saint-Michel, 21

www.ingramcontent.com/pod-product-compliance
Ingram Content Group UK Ltd.
Pitfield, Milton Keynes, MK11 3LW, UK
UKHW012239240726
13966UKWH00003B/1170